個人的理由

高田渡

文遊社

表紙絵　小林弥生
写真　　高田渡

目次

68年１月２日～

ボクの詩

ボクの詩は

ボクの詩でありまして

ボク以外の誰のモノでもないのです

草野心平
金子光晴
山之口貘
中原中也
立原道造
百田宗治
丸山薫
関根弘
添田啞蝉坊
小熊秀雄
八木重吉
ジャック・プレベール
ジョルジュ・ブラッサンス
カール・サンドバーグ
ウッディ・ガスリー
ラングストン・ヒューズ
高田豊

どなたの俘にもなりません
どなたも大好きではありまするが

ボクの詩は
ボクの詩でありまして
ボクが好きになるのは
ボクの詩を読んでくださる　方々

個人的理由

非常に
疲れたくおもいまして
非常に
疲れたくおもいまして

朝は真っ赤に充血した
眼をこすりながら
明けるのです。

'69　9.　1

約　束

約束は破られる為に
約束は破られる為に
あるのです。

遠い昔から
破られてきました

約束は遠い昔から……

いろんな事が起《あ》りました。

おこらないでください！

ボクに
少しの時間を与えてください。

'68　1．2

レモン

果物屋の前を通った時
店先に山積みになっている
レモン！
レモンをみつめます

何時間も
何時間もみつめるのです
（蓄膿症の鼻にもこんなに強く匂うのです）

店先に山積になっている

レモン

レモン　レモン

レモン　レモン　レモン

レモン　レモン　レモン　レモン

レモン　レモン　レモン　レモン　レモン

レモン　レモン　レモン　レモン　レモン　レモン

レモン　レモン　レモン　レモン　レモン

レモン　レモン　レモン　レモン

レモン　レモン　レモン

レモン　レモン

レモン

ボクは

「ホット・レモン」ってやつを

知ってます。

'68　1. 17

陽が沈まぬうちに

今、真っ赤な太陽が
空にわずかに姿を現わした
しばらくぶりに
ボクの前に太陽が現われ
その輝きにおもわず眼をおおう
もうじき、陽は真上に登ろうとしている
ようやく、その輝きから逃がれ
その黒点を確かめ
炎を求め、手をさしのべる

陽はやや傾いてきた
燃え尽きることのない炎
さしのべた手に火が落ち
手の平に穴をあける
ブス、ブス　と
でも、握りつづける

もう陽は沈もうとしている
激しく燃える火が
闇に被われ、沈もうとしている
ボクは追いかける
激しく燃えつづける火の玉を手の平に
この手の平に穴をあける為に
ボクは追いつづける

'69　1．13

給料日

椅子に坐って

絵をみつめる

絵の中の家から

一人の男が現われ

坐り

挨拶

「君、ボクに熱いコーヒーとトーストを

　おごりたまえ」

熱いコーヒーを　三口

トーストを　　　二口

「君、ボクにアイスクリームをおごりたまえ」

アイスクリームを　一口

コップの水で

口をちょいとゆすいで

「君、ありがとう」

男は
絵の中の家へ

絵をみつめる
椅子に坐っている

’68　1．25

小さな歯車に油をさそう

大きな機械の中の
小さな歯車に
油をさそう

小さな歯車が
よく廻るように
大きな機械が
よく動くように

キイ、キイ
いわないように
小さな歯車を
殺さないように

大きな機械の中の
大きな歯車には
グリースを

大きな機械の中の
中くらいの歯車には
オイルを

大きな機械の中の
小さな歯車には
自転車油を

大きな機械の中の
小さな歯車には
ゴミがいっぱい
でも
あまり、ベタベタしない

なぜって　?!

小さな歯車に
油をさしたら
ゴミがいっぱい

なぜって　?!

大きな機械の中の
小さな歯車に
油をさそう

'68　1. 30

シャンソン

ねえ　待ってくれるかい　？
　　　ボクの友達よ　！
　　　待ってくれるかい　？

　　　ボクがシャンソンを唄うまで
　　　ボクにシャンソンが唄えるようになるまで

　　　あったかいセーターがほしい　！
　　　あったかいマフラーがほしい　！
　　　あったかいスープとコーヒーがほしい　！
　　　あったかい会話がほしいんだよ　！

　　　ボクは待つよ
　　　君が　あったかいセーターを着、マフラーを
　　　し、スープを飲み、コーヒーをすすり、
　　　その口唇が動きだす
　　　君が　シャンソンを唄いだすまで

ねえ　待ってくれるかい　？
ねえ　待っておくれ　！
　　ボクの友達よ　！

　　ボクが　シャンソン　を唄いだすまで
　　……もうじきなんだよ

'68　11.　？

69年４月13日～

春、真最中

僕が眼を覚ました時
外には雪がありました。
よくわかりませんが……
なにしろ、小さな窓から覗いただけですから。

夕べはとても寒かったです。
薬罐いっぱいにお湯を沸し、
茹卵をつくり、
昆布茶を飲みました。
何杯も。

不思議でした。
もう、五月になろうとしてるのに、
あの立派な寝袋が、
イヤに冷たかったです。
背中がスー、スーしてね　！
まるで彼女みたいに　冷たくってね　！

いろんな夢をみました。

どれも、今はみんな忘れてしまいましたが……

みんな夏の話ばかり……

ボクが眼を覚ました時

外には雪がありました。

でも、もう溶けてしまいました。

なにしろ、もうお昼でしたから……。

'69　4．17

汽車が田舎を通るその時

汽車が走る　十年ぶりに
田舎という駅に向かって……
もうずい分　昔のこと
汽車が走ったのは

もうずい分　昔のこと
ボクは　八つ　というキップを買って
二十　という駅まで
そして、今　二十　というキップを買ったところ

レールの上を走る
ボクと他の人を乗せた汽車
今、乗って
今、降りるところ
ちょいと、名所見物でも……

荷物は一時あずかり所
キップはポケットの中……
まずは腹ごしらえを、
それから、お茶なんぞも……

'69　4．13

ボロ、ボロ

今、ボクはお茶を飲んでいるところ
知らない街の喫茶店の二階
今、ボクはお茶を飲んでいるところ
下の席に男が坐っている
ボクと同じに
ボロ、ボロ
ボロ、ボロ

「私は五年間でボロ、ボロになってしまった……」

下の席の男に声をかけた
「アンタはいつからだい……
　ボロ、ボロになったのは……」

ニヤリと男は笑った。

ただ、それだけ……

「私は五年間でボロ、ボロになってしまった……
　そして、今　二十二……」

'69　4．18

一人暮し

部屋の片隅に袋がある
細長いその袋の中身は
あのハイカラな
「バケット」
という名のパン

袋の口はテープでとめられたまま
うっかりすると見違える
「今日、買ってきたのか　?!」と

ためしに　一本勝負　!!　を
「相打　!」との答
ヒョットしたら、ドラキュラなら勝っていたろう
あの鋭った歯にかなう奴はいないというから　?!

ボクは蒲団から這出
洗面所へ、
ドラキュラの弟子になろうと……
歯を磨きに

あのハイカラな

「バケット」という名のパン

こいつに絶対に勝てる奴を知っている

公園に勤める　「鳩」

奴なら、奴なら

あのハイカラ野郎も一発　!!

部屋の片隅にある

細長い袋をもって　公園へ

道の片隅に袋がある

……さっきから

細長いその袋の中身は

あのハイカラな

「バケット」

という名のパン

'69　5．28

道くさ

行先はあの駅
あの駅のタクシーのりば
あの駅のあのタクシーのりばは
昨日……、(昨日の電話)
そして、今日。

行先はあの駅
陽がのぼったのは
昨日の夜から
(いや、もう随分昔から、のぼり始めたのは?!)
そして、しずむのは
今日、
今日、一日で終り……

行先はあの駅
あの駅のタクシーのりば

あの駅のタクシーは
一台

あの駅にいるのは

運転手　ひとり　！

ボクをのせてくれるのは

あの駅の一台のタクシー

ひとりの運転手

でも、どうだかわからない　?!

行先はあの駅

あの駅のタクシーのりば

が、その前にキップを買わにゃあー

隣りの駅で

「あさってまで一枚……」

'69　6．30

喫茶店

彼女らは決して
街の女のように
眼のまわりに
顔の上に
化粧をしない。

うっすら　と
じつに　うっすら　と
匂わす程度。
何千年も昔の女のように
ただ、うっすら　と。

ボクはトイレに立つ
彼女はトイレの鏡の前に。
うっすら　と、
じつに、うっすら　と。

トイレから出てくる彼女らの顔、顔。
「多分、用をたしに…………?!」

ここにもボクの好きな店が
あったようだ。

'69　6．13

日曜日

ボクは今、君の街にいる
君の住んでいる街にある喫茶店に
昨日から、この街に来ている
もうじき、今日が終ろうとしています
明日、帰ろうと思うのです。
多分、
君が来そうもないから……

（ボクは電話がキライ、ドモッテしまうから……
ネ！　でも、手紙はとても遅いしネ……）

ボクは最後の一口を飲み終えるところで、最後にもう一度君の街を一廻りしようと思います。

君がいなくなってから、
この街に住もうと思っているんです。

'69　4．20

友　達

ボクは君から
とれるだけのものを　とったら

冷酷かも知れんが
君を　すてるよ　！

いつまでも
なれあいの感情の確かめ合いは
したくないから

'69　1．25

いい娘

いい娘《こ》だなあー！

いい娘だなあー！

本当にいい娘だなあー

でも、どうする事もできねえ

いい娘だなあー！

本当にいい娘だなあー！

でも、長くなっちゃ、いけねえーよ

いい娘だなあー！

本当にいい娘だなあー！

でも、どうすりゃー、いいってんだ　?!

どうすりゃー、いいのさ

いい娘だなあー！

いい娘だなあー！

本当にいい娘だなあー

……

だから、どうにかしなくちゃーね　!!

'69　7. 4

七　月

七月

それは　雨

雨の季節

いやーな　雨の季節

ボクの心に黴《かび》を植えつける

ボクの心に河をつくる

それは　七月

いやーな　雨の季節

押し入れから

水色のシャツを出し

ボクはそれを着て

街に出る……

’69　7．5

JUNIDAN-YA

69年７月10日～

煙　草

まくらもとを　列車が通る　　ひとつ
まくらもとを　列車が通る　　三つ
まくらもとを　次から次へと　列車が通る

まくらもとに　　ひとすじの糸
スーとまっすぐに
水をたらしているかのよう
頭の上に小さな　にゅうどう雲
次第に　大きく　厚くなり
もうじき　雨をふらせる

雨をふらせてしまうと
部屋の隅から姿をくらます

ああ　!!
やっと、青空がもどった。

'69　7．11

来年の話

来年の話
来年の話をしよう
まるで　望みのない　お話しを

が、その前に
今ある　コーヒーを飲んでから
今いる　彼女と昨日の話をしてから

’69　8．20

駅

車が着いたのは
駅前の古びた旅館
中から、主人と思われる女性ひとり
もう、中年過ぎであろう　ブヨブヨ！

荷物を置いてしまうと
又、ボクの病気がはじまる
フラ、フラ、　フラリ！

急にボクは用を思い出し
市役所へ
市役所のとある個室へ……
（お役所の仕事も、せめてこれぐらい早ければ……?!）

街の中をよそ者がひとり
飼犬にまじって
ノラ犬　一匹
洋服屋の横をまがり
靴屋の向かいを通り
食堂の前を通り

信号を渡り

交番の角をまがり

映画館の前に

（ここで、ちょいとひと休み）

露路を通りぬけ

八百屋の前に出

大通りを歩く

パチンコ屋のそばを

運送屋のそばを

床屋のそばを

喫茶店の前を

市役所の前を

（やあ！　先きほどは失礼を……）

「お客さん、もう、そろそろ汽車の時間ですよ……」

車が着いたのは

駅前の古びた旅館

'69　7．10

家　庭

家賃が払えなくなってしまったら
夜逃げしよう、

ひとりで。

でも、それにしては
あまりにも荷物がふえてしまった。

'69　8．30

逃げ水

電話をし、終った後
ボクは考える

ボクは遠くからのぞいてみたくなる
君の中の
君を

君の声を
聞いてみたくなる

夏の夜は　イヤです
とても　　イヤです

また　夜が明けると
ボクは追いつづけるのです
夏のあいだ中
一年中、夏であるよう祈って

今日も
君を追いつづけるのです

'69　8．29

林の向こう

あの林の向こうに
レールが一本
少しばかりの輝きに
少しばかりの錆
深く沈んだ枕木
赤茶けた石、石……
その石のすき間に生えた草
今ではもう使うこともない
古びたポイント

あの林の向こうを

走る

機関車　一台

客　車　一台

今では

もう、誰も乗ることのない

水、一滴

流されることもない

錆ついたレールは

今日も響かせる

深く沈んだ枕木を伝わり

林の向こうまで

ボクを乗せた機関車は

林の向こうを走る

'69　7．17

愛　ラブ

シャツをズボンの中に押し込み
ベルトをしめ、立ちあがる
彼は一言

「アナタは腰を痛めています。今のうちなら治ると思いますが……、あまり無理しないように、薬を渡しておきます。帰りに診断書をとりに来て下さい。ではおだいじに!!」

かなり前からいるんです。
ここに坐って待っているんです。
昨日も来てました

随分、いろんな人がボクの前に坐り
消え去りました

そして、ボクは考えました。
一体、それが何なのかを
それが何かを知りたくて

また、明日ここに来ます

愛が何かを
愛がどんな姿をし
どんな声でしゃべるか聞きたくて

ボクは病院を出ます
バスに乗ります
サヨウナラ、
サヨウナラ　!!

また、アシタ

'69　8．27

最終電車

電車の扉が開き

男　ふたり

ひとりの男がひとりの男をささえながら

中に入ってみると

向い側の扉のそばに

モドシタモノ　がいっぱい

モドシタモノのそばの男

新聞紙をとり

まるめ、整理しはじめる

丁寧にふきとっている

（ボクには臭わない）

男に眼がそそがれる

みんな嘲笑っている
みんな嘲笑っている

男は
モドシタモノを整理し終わり

扉が開く

男はニヤリと嘲笑った。

扉が閉った。

'69　7．28

オール・ナイト

土曜の流れは
街中の
いろんな店々から
いろんな人間を
さらい出し
大きな流れをつくります。

そして
灯の落ちかかった街の中を
流れ続けるのです。

流れは
川底に留まった小石を運びます。
（みんな角がとれて、丸くなっています）

灯の落ちかかった街の中を
静かに流れ続けるのです。

街中をなめつくした後
流れは
いくつかに別れ
なおも流れ続け

そして、その流れの一部は
川へとそそぎ
その辺には
花が咲き乱れます。

こうして、一晩中
流れは街中をねり歩くのです。

やがて、流れは
地中へと
そして、なおも
深く静かに流れます。

次の土曜が来るまで

’69　8．30

今一番こまる事

今一番こまる事
今一番こまる事
今の生活をささえている
今、ポケットに入っている金が
いつかなくなる事

このポケットに入っている金が
明日からなくなるとしたら……

今一番こまる話

今一番こまる時間

ここにこうして坐って話ができ

ここにこうして飲んでいられる

今一番こまる話

これから、このポケットに時間と

話を詰め込む為に

出かけにゃならん

遠くまで……

'69　8．20

詩人の隣りに住む男の寝言
その1

もうじき、隣りに詩人がこしてくる
夏から逃げ出し
秋までたどりついた

んで、
ここらでひと休みってわけ
彼は逃げる事に関しては
プロフェッショナル　!!
プロフェッショナル　!!

彼のパトロンは　？

（僕……?!）

フン　！

詩人がなんだってんだ　！

俺様だって書けらあー

あんな　イロハ　ぐらい

ゥ、詩、詩、詩、詩……

近頃はこの辺も住みにくくなってネ　！

'69　8．25

ドサ廻り

再た、再たひと休みしようと
足がここに運んじまったのさ
今にも穴のあきそうなポケットの中に

あっちの金
こっちの金
あっちの話
こっちの話
が少しばかり

この街に時間を忘れちまったの
それもかなり昔に
だから、取り返しに来たのさ

あっちの金
こっちの金
あっちの話
こっちの話
が少しばかり

向かいの垣根のある家の奴かも知れねえ
俺の時間を盗っちまったのは
角の煙草屋の婆アかも知れねえ　？

なくした時間を取り戻す為に
これから出かけるのさ
あの娘ん所へ

あっちの金
こっちの金
あっちの話
こっちの話

が少しばかり

'69　8．27

給料日

ボクの雇主である

雇主のイトコである

男から……（別名・会計）

いくらかの金を受け取りに出かけます。

四条河原町から梅田まで

四十分あまりの間

その行方を　アレ・コレと考え

梅田に着きました。

袋を手にしたボクは

いっぷくし

キップを買います。

梅田から四条河原町まで

四十分あまりの間

その行方を考え

メシを喰らって

家に帰ります。

'69　8．30

詩　人

秋風が通りぬけると
緑葉は
ペラ　ペラ　ペラ
と　散るのです。

その声をききつけ
詩人は
ペラ　ペラ　ペラ
と　しゃべります。

印刷屋は
朝となく　夜となく
スル　スル　スル
と　刷ってしまいます。

運命とは悲しいものです。
今日も街中から
きこえます。

ペラ　ペラ　ペラ
と。

'69　9．1

無　題

久しぶりに本を読む
友達から借りた本、一冊
そう長くはない
そう読みにくくもない
夜明け近くまでかかって
読み終える
ひと寝りし
もう一度視る
（いったい何を読んだのだろう？）

自転車に乗って
ふらりと街に出る
ズル、ズル、ズル
とコーヒーをすすり
ズル、ズル、ズル
と時間をすすり

家に帰る
久しぶりに本を読む
もう、一度

やっと明け方近く
読み終えた

’69　9．9

言　葉

久しぶりに　二人は
言葉をかわしたく思い
つれだって
街中を歩き廻る
何もしゃべらずに

陽が落ちかかる頃
二人は
久しぶりに言葉をかわしたく思い
久しぶりに言葉を確かめたく思い

「スタジオ」へ

座蒲団　　　　二枚
湯呑茶碗　　　二個
机らしき物　　ひとつ

二人を視めるのは
スタンド

二人を聞くのは
マイク

二人はしゃべり始める
そして、テープは廻る

「
……
、
……
、
…
。
」

テイク　1
テイク　2
テイク　3
テイク……

テープが巻き終えると
さっそく
編集にとりかかる

ミキサーとデレクターは
ひそかに耳うちし
テープにハサミを入れる

エコーすこし
効果音すこし
シロテープすこし
ゆっくり
フェイド・アウト

「お疲れさんでした。」

久しぶりに　二人は
言葉をかわしたく思い
つれだって
街に出る

'69　9．5

診療時間
平日
午前9時～11時
午后1時～3時
月・水・金夜間
午后5時～7時
土・日曜
祝日は休診

吸器科
療所
財団法人
京都結核予防研究会
中央診療所
4501

69年９月９日～

午前三時

産まれてくる時
ひとり　？
ひとりだろうね。
母親の身体の中を
ひとりでかけぬけ
ふにゃふにゃの頭をつき出し
大声でさけぶ
「オギャーア！」

花が咲きだす頃
縁側で春と眠むり
夏の暑さをかけぬけ
秋の中をさまよい。と
やがて、冬が来る
あのとても、とても
空々しい冬がくると
みんなに見守られて

旅に出るのです。
もう、戻る事はないでしょう。
同じ所へは。

一応のなすべき事はしたと思います。

一応の満足感が身体中を被ってくれます。

とても暖ったかく感じます。

花の名前は知りませんが

赤い花がみたいのです。

産まれたての赤子のような

そして

花の周囲を飛びかう

蝶、蜂……

まるで、家族、親戚のよう

でも

これから迎えるのは冬です

冬なのです。

ボクは死に向かって

旅立つのです。

ひとりで。

産まれてきた時と同じように。

ボクの息子や娘達も

そうなのでしょうか　？

ボクと同じように

ひとり。

ひとりなのでしょうか。

産まれ。

旅立つ。

ふっと……。

蒲団をひきなおし

寝ることにしました。

午前　三時

’69　9．9

どなたかメシを

国道で男が死んだ

夜中の国道で男が死んだ

線香はアスファルトにラインをひく

残った煙はチョークとなって

男のしるしを国道に刻みこむ

死因は不明

人は自殺とも

　　轢殺とも　言う。

轢きさかれた男の胃の中には

水　一滴

水が一滴だけ

国道に輝かるライト

ライトは男を運ぶ

ライトは街中《まちなか》にある食堂に立ち寄る
そして
男の胃の中にメシをいっぱいつめこむ

食堂を後に
ライトは国道の闇の中へ
病院の闇の中へ

（……どなたかメシを……）

’69　9．13

雨ふり

雨雲は約束通り訪れた。

「やあー!!」

そして、さっそく雨を降らし始める。

一

二

三つぶ　と。

ボクは新式の傘で雨の中へと食い込む

傘と雨は話を始める

雨は傘の上をはね廻る

とても楽しそうに

傘は雨をなだめすかす

雨は飛びはね
傘は廻る

雨雲はどっかりと坐り込む
雨は所せましと傘の上を飛びはねる
もう身動きすらできなくなってしまった

雨、
雨雨雨雨雨雨……
………………雨

こぼれ落ちた雨は
柄を伝わり
ドク、ドク、ドクと。

一
二
三つぶ　と。

今度は上着と話し込む
ズボンとも
すべての兄弟よ!!とばかりに
身体中をはね廻る

男の葬式があったのは
三日前
奴は雨に殺された
雨に押しつぶされて

外は今日も雨。

'69　9．15

十字路

秋のおとずれを
感じとったボクは
十字路へと　出る

（十字路に立ち止って
　秋との面会）

ボクの肩に手をかけ
そっと
林にキッスをする
そして、笑顔を残し
去ってゆく

ボクは
十字路をつきぬける

’69　9．9

酷　白（愛についての告白）

街中に

火をつけ終った後

ボクは電話をかける

消防士達は

街中をかけ廻る

サイレンを

鐘をかき鳴らし

一晩中

やっと三日目にして
火は消え

やっと四日目にして
受話器を置き
部屋へと帰る

ボクは眠りにかかる
枕元には

地図　　と
マッチ　と
消化器　と。

'69　9．12

国　道

国道で男が死んだ
国道で男が
夜中の国道で
線香はアスファルトにラインをひく

涙は一滴
血は二滴

国道に輝かる　ライト
ライト　は男を運ぶ

死因は不明
人は　自殺とも
　　　轢殺とも　言う

轢き裂かれた男の胃の中には
水　一滴
残ったのは
水　一滴だけ

みんな涙となって流れてしまった
流された涙は空に舞い上がり
雨となって降りてくる

アスファルトはきれいに洗われる

残された　水　一滴
国道をさまよい歩く

人は「逃げ水」と呼ぶ

新しい血を求め
さまよい歩く
轢きさかれた男の胃の中に戻ろうと

ボクは国道に
水をまく。

'69　9．15

夕暮れ

あんまりにも　夕暮れが美しかったので
荷物をおいて
追いかけることにしました。

あんまりにも　夕暮れがささやくもんだから
鼓膜をおいて
追いかけることにしました。
＜夕暮れはそっと、ささやいてくれました＞

あんまりにも　夕暮れが美しいもんだから
瞳をおいて
追いかけることにしました。
＜夕暮れはそっと見せてくれました＞
朱色と黒の世界
を。

ボクは停留所から停留所へと
夕暮れを追いつづけました。

風はそっと肩をゆすり
起こしてくれました。
停留所のそばに
アリと一緒に寝ている
ボクを。

'69　9．22

合理化

仕事に疲れたパン屋は
旅に出ます
旅するパン屋は
窓に映る木々の緑に
眼を白黒させます

旅するパン屋の中に
黒雲　ひとつ

窓の外にゃ黄金色の小麦畑
イネ　イネ　イネ　イネ　イネ
イネ　イネーエ……
と風に身をまかせ

旅するパン屋は窓から飛びおり
小麦畑に火をつけ
重曹をばらまく

もう、この先は話せない

パン屋はその日から行方不明　?!

なんでも風の便りに聞くところ

どこかで

偉いお役人になったとか　？

’69　9．25

69年９月28日～

珈琲《コーヒー》・不演唱《ブルース》

三条に行かなくちゃ
三条堺町のイノダヘネ！
あの娘に逢いに
なあーに、コーヒーを飲みに
好きなコーヒーを少しばかり

お早よう、かわいい娘ちゃん
御機嫌　いかが　?!
一緒にどう　少しばかりってのを　!?
俺の好きなコーヒーを少しばかり
＜クリープを入れないコーヒーなんて……＞

いい娘だなあ
本当にいい娘だなあ
ねえ、熱いのをお願い　!!
＜そう、最後の一滴がうまいのさ！＞
俺の好きなコーヒーを少しばかり

三条に行かなくちゃ

三条堺町のイノダヘネ！

あの娘に逢いに

なあーに、コーヒーを飲みに

好きなコーヒーを少しばかり

あんたもどう　?!

少しばかりってのを……

’69　9．28

スタイリスト

スタイルを創るのは
ボク自身であって
ボク自身のスタイルを壊すのも
ボク自身である

ボクは四季に応じたスタイルをとる
ボクは
雪であり
雨である

ボクは雪も雨も好き
そして
お天頭様はなお好き

'69　10.　25

自　由

彼女の自由な姿が好きなもんだから
そんな彼女が好きだから
で、ボクも自由が好きなもんで
彼女をもっと自由にしてやろうと思って。

でも、そう思った日から
もう、二度と彼女の自由な姿を見ることが
出来なくなってしまった。

そんな彼女が好きなもんだから。

'69　10.　25

イノダを語る

ネー、知ってる　?!

三条のあの店　イノダをさ　?!

三条堺町のイノダをさ　!

日曜ともなるとガキ共が

運動会を始める

モチ!　父兄同伴さ

そんな間をぬって

ウエイター

ウエイトレスは忙しそうに走り廻る

ホット　いくつ　!

ランチ　いくつ　!

ネー、知ってる　?!
三条のイノダをさ
あのイキなコーヒー屋をさ
いい年くったオヤジさんが
派手なチェックのズボンや
バーミューダをはいて
コーヒー片手に新聞を読んでいるよ　!
勝馬とかいう新聞をさ
そして、ちょいとばかし政治の話をするのさ
コーヒー片手にさ　!

そんなオヤジさん達の隣にゃ
ゲバの兄貴達が坐っているのさ
片手にコーヒーをもっている
ゲバ棒じゃなくて
ホットしたよ　!

お向いさんじゃ

もう春が来たらしく

オシベ　メシベよろしくやってらっしゃる

そんな間をとりもつ働き蜂がひと声　！

何番さん　！

ホット　ふたつ

’69　10.　26

りよくなつた
質西村
建仁寺町エビス神社前上ル西入一軒目
電 56
EXPO'70

家　出

煮立った湯を
窓からほうり投げる
すると、湯気の奴
「待ってました」とばかり
寒風の中へと
姿をくらましてしまう

まるで
ボクが家を出た時のように
（ボクはストーブに手をあてている）

'69　10.　27

朝

ボクは君の為に
涙を流し　悲しむ
大口をあけ　笑い　喜ぶ

でも知っておくれ
本当のボクを

涙は　下宿人
笑いはたよりない兄貴

本当のボクの身体の中には
涙も笑いもいないのさ
ボクの眼は真っ赤に充血し
頬はこわばって笑いもしないことを

朝は真っ赤に充血した眼を
こすりながら
明けるのです

’69　11.　9

京都　11月７日

暮れの街に腰掛け
ドモリながら話す
秋と冬との会話を聞く
どちらも雨降りだというのに
傘もささずに話込んでいる

ボクは彼らから
春という言葉を聞きとると
さっそく
とぼとぼと春に逢いに出かけます

上着のチャックを首まで上げ
マッチで手を暖ったため
湯気を吐きながら
北風と話込む
春の噂や
春のいろんなことを

ハア、ハア、いいながら……。

暮れの街を後に

ドモリながら話す

秋と冬を後に

とぼとぼと帰ります。

（春を夢みながら……）

京都　11月７日

　　　午後　７時

'69　11.　7

老　人

前から髭をはやした老人が
歩いて来ます。
あまり、立派ではありませんが
とにかく、髭と名のつく物をはやしています。

胡麻塩《ごましお》　！
というより、もう胡麻は消え
塩ばかりです。
ボクも年をとったら
この老人のように
髭をはやすのでしょうか　？
そして
口を髭で隠してしまい
外から見えるのは愚痴だけ
汗のように髭を伝わり
零れるのです、わずかに。

ボクもこんな風になるのでしょうか　？

ボクは急いで帰ります。

髭を剃りに。

'69　11.　16

傘

喫茶店の片隅に
傘が一本あります。
昨日は雨で
今日は晴れです。

埃達は
いまか、いまかと待っています。
（埃達は非常に疲れ、休みたがっているのです）

持主が現われると
埃達は塵々ばらばらになります。

明日は雨　！

傘の片隅に
喫茶店が一軒ありました。

'69　11.　16

結　婚

ねえ　今までのように
　　　君と一緒に
　　　お茶を飲みにこれるだろうか　？

　　　ここへ、
　　　こうして。

’69　11.　19

69年11月23日～

通　過

前から自転車が

やってきます。

前からやってきます。

ボクを轢こうとでもいうのでしょうか？

自転車

自転車

自転車

自転車

自転車

自転車

自転車

自転車

自転車

自転車

自転車

自転車

自転車

そうか、ボクを轢くがいいさ！

自転車

自転車

自転車

自転車

自転車

自転車

自転車

自転車

自転車

自転車

自転車

自転車

自転車

'69　11.　23

眼がさめたら

明日の朝
眼がさめたら
ボクは詩を書きます。

で、その為に早く
家を出ようと思います。
ノートと万年筆
そして、本を持って

朝の街を
ブラつこうと思います。

もし、いい詩が出きたら
本を読みます。

「著作権法入門」

'69　8.　30

君の亭主

ボクは君の亭主になりたいのさ！

部屋の中程に坐り込み
アレヤ、コレヤとさしずをし
新聞を読み、大口をたたき
疲れた君にヘタな詩を読ませ
そして、明け方近くまで起きている

朝になると味噌汁をこさえ
君をおくりだす
ボクはじっと後姿を追いつづける
そして、ボク自身につきあたり
もろく、くずれる

部屋の中程に坐り込み
君の帰りをまっている

'69　12.　10

歯　車

ボクはいったんですよ
「君が好きだ」って

そしたら、彼女
「ねえ、昨夜のテレビみた？、おばあちゃんたらね
　えー『アノ人？、アノ人ね?!』っていってんのよ。
　アンディーのこと。……おかしかったわ………」

で、またボクはいったんですよ
「君が好きだ」って

そしたら、彼女

「ねえ、あそこの二人ねえー、なんかおかしいわよ？
　……そうよ、きっと別れ話よ!!……きっとそうよ
　……だってさっきから全然話してないもん……ね
　え、ここのコーヒーおいしいわね？……」

で、ボクはいったんですよ

「また、こよう！」って

'69　12.　8

はしご

ボクはコーヒーが好きで
友達にいわせると
飲む瞬間が好きで

今月はちょっとお金を使いすぎたので
倹約しようと思って

彼女が一緒にコーヒーをすすりながら
「ねえ、コーヒーがなくなったらどうするの？」

「ボクには来年の保障がないから……、おごってく
　れるかい？来年になったら……」

「いやよ?!」
と笑ったところで
ボクは席をたちました。

「ねえ、次の店へ行こう」

’69　12.　8

ランチ

お昼に食べるのが
ランチというもので
夜に食べるのが
夜食というもの

ボクんとこの朝は
昼すぎにやってくるのです。

'69　12.　8

宵っ張り

一生懸命になって話し、笑っている顔を
じっと　みつめるのです
生っ白い手の平にむっつりと顔を乗せて

あさっては映画を見に行くのです
フィクサーという、いいらしい映画を
多分、感激するでしょう
まだ見ぬ映画に

何時間も
何時間も
何時間も……

何日も考えるでしょう

お金の事を

昭和生れ大正育ちの彼女が好きです

'69　12.　16

まちぼうけ

ボクの後から
彼女の靴音が
追いかけてくる
ボクを追いかけてくる
　　（うれしそうに
　　　　　　息を切らして）

ふと
ふり返えると
もう　ボクのずーと
前の方にいた

街　角

今さっき別れた君を
街角に坐り込んで
待っているボクは
バカです
何がそうさせるのか
ボクにはわかりません
でも
街角に坐り込んで
君ののぞき込む顔を
今か　今か　と
待っているのは
ボク自身です

君は勝ったのです
結局　ボクは電話をかけてしまったのです
たかが
サヨナラ
ひと言を　いうために

あんまりやー
考えすぎよーって

そうなのです
本当に君の言う通り
ボクは時世にあわない
時代おくれで
とんまで
まぬけな
ロマンチスト　なのです

いくら坐り込んでいたって
君はのぞきはしないし
こんな事をめそめそ書いていたって
どうしようもないのです

ボクはひとりで
自分ひとりだけで
自分のことだけを
考えているのです

まるで
ボクひとりだけが
思い悩んでいるかのように

ボクは
とんまで
まぬけな
ロマンチストなのです

もし　今　君が
あのボクの坐り込んでいた
街角をのぞきこむ
と　したら
ボクは　また
あの街角へ
つっぱしるでしょう
でも
君は
のぞきはしないのです
いいかげん

ボクはボク自身に

こんなボクにイヤ気がさしているのです

君はこんなボクなんか

ふりきっていくべきです

こんな時代おくれで

とんまで

まぬけな

ロマンチストに

直方にて

井ノ頭公園にて

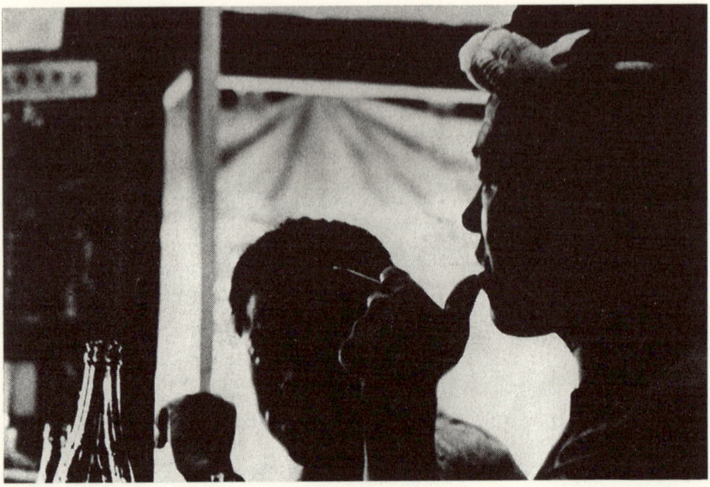

佐賀の酒屋にて

長野市内にて

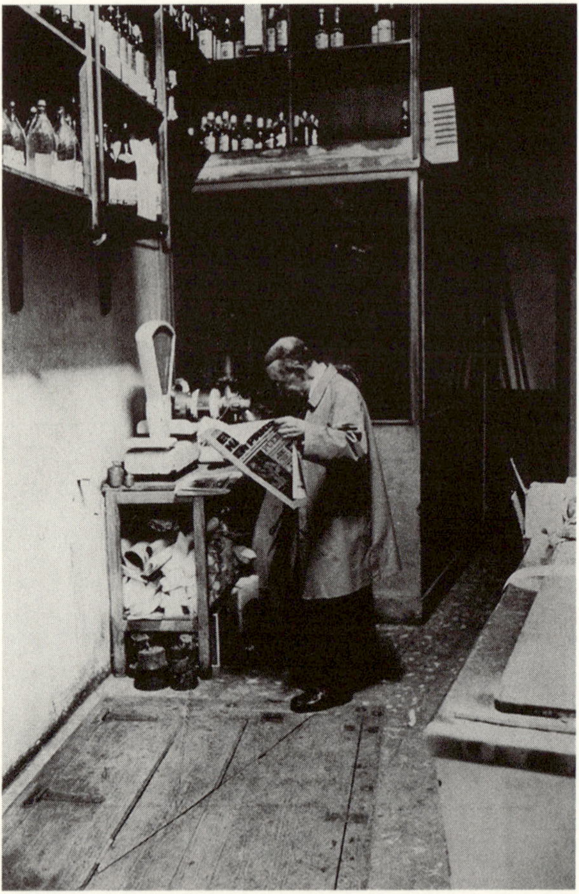

マドリッドの酒屋の裏

井ノ頭公園にて　将棋を見る人

井ノ頭公園にて　日曜日の午后

八戸にて

ヤマビコ

幾つですか？

と、見知らぬお客に問われ

23です。

と　答える　　すると

老《ふ》けて見えますね

と　また返ってきた

ええ　いつも飲んだくれて

いますから……。

出会い

ハタチかい　ときくと
失礼ネ　18ヨ！　と答える
驚いてしまったボクは
もう一度彼女をみる。
（うーン　確かに18にみえる……）
だが、ふと、うつむいた顔はハタチ過ぎにもみえる。

わかった様な
わからない事をボクにいっては
クス　クス　笑っている。

朝

ミルク・コーヒーを飲みながら
パチンコで取った煙草に火をつけ
君のことを考える……

タバコの灰をひとつも
落さずに
そのままの姿を残せるだろうか
ボクの眼は
鼻先の煙草を視めている

いつしか　ボクは
煙草と君をすりかえていた……。

本屋をのぞいていたら、昔知っていた、少しおごってもらったことのある人と会った。

「やあー」

「お久しぶりです。……ああ、明けましておめでとう……」

「お茶でも飲むか？」

とその人が言うので

「いいえ、これから出かけますので……」

「ああ、そうか！」

最後にその人はボクに言った。

「……色々と君のことは聞いている…。良い噂も悪い噂も……」

ボクは今だにこの人が好きになれないでいる。

忘　却

中野駅を発車して間もなく、ブザーが鳴って停車した。そのとたん車窓が黄色にかわった。

よくみると、土手いっぱいに咲乱れている菜の花なのです。

みとれているうちにまた動き出した。

ほんとうはもっととまっていて欲しかった。

（ＡＴＳ闘争で、東京の通勤客が――週刊朝日より）

事後承諾

女房をもらう前は
お茶を飲みにいっても
メシを喰っても
何かというと
いやー、ボクが出しますと

あっちこっちで出してきたのだが
やっと結婚して
さっそくお茶を飲みにいって
今度は大きな顔をして
おまえ出せよ！　と
かっての恋人に言うと
なに　てめえの金じゃねえかときた

コーヒー・タイム

モダンなデザインの洒落た音楽のかかっている喫茶店より、地方都市の喫茶店の方が落ちつける。上の方にカバーのかかっている椅子、むらさき色のライト、汚れたシャンデリア、流行歌（それも典型的な）しか通さないスピーカー……。

五年ぶりに山形にやってきた。

翌朝、ぶらぶらと街を歩いていた。前に入ったことがあったと思われる喫茶店をみつけ入ってみた。頭の中に五年が浮び上がろうとしている。

かべには、

『ひばり』のおにぎりはこの人々にお推めします。

1．朝食を時間的に出来なかった人。

2．昼食に弁当として持っていく人。

3．五名以上で昼食する人々にはお届けします。

すずこおにぎり　　50円

たらこおにぎり　　50円

さけ　おにぎり　　50円

うめぼしおにぎり　50円

と書かれていた。

ボクはおにぎりをたのんだ。両手をご飯つぶでいっぱいにして、喰べた。

二階にある喫茶店の窓から通りを見おろすと、長グツをはいた人々がアスファルトにクツ跡を残して、窓の端から端を忙しそうに動いていた。

ボクはもう、コーヒーをたのむ気がしなかった。

昔の恋人達に

今さら、どうしてやる事も出来ないボクを
夢の中までも
追いかけてきて
一体　何をしようというのか

もう　ダメなのです　と
いってはみても
昔の良き夢よ　もう一度と
くり返す　ボクに
あいそがつきる
（ボクはオヤジの様には、なりたくなかった。）

だから
昔の恋人よ
もう　夢の中までも
追いかけないでくれ

初《は》　春《る》

畑の中のレンゲ草を
みつめている

（向かいあった座席　彼女の眼はとてもきれいだ……）

何んにもすることがない
ボクはいつしか……

レンゲ草の群々に
昔の恋人を　みつけた

誕　生

昔、オヤジがこんなかっこうを
していたのを想い出す
夜中、腹這いになり　ひとり
ヒザを立て
煙草をくわえ
何やら考え込んでいた
四畳半に五人の親子
子供に囲まれ
起きることも出来ず
寝ることも出来ず
ただ　腹這いになり
ヒザを立て
煙草をくわえ
何やら考え込んでいた

ふと　眼が覚め
オヤジをみつめていると
ニッコリとボクの頭に手をあてて
早く　ねろ！　と
やさしく
母親の声を出すのだった。

ふと、眼覚めてしまったボクは
腹這いになり
ヒザを立て
煙草をくわえ
奥さんの隣りに並ぶ
幼さな幻をみつめている

無　題

久しぶりに
この東京で雪をみる
ボクはとある店で
ホット・ミルクを飲みながら
君のことを想っている

予報によれば
明日は晴れという
雪の様な君は
明日にも溶けてしまうのか

朝、眼覚めて　雪だよ
と、いわれても昔程の感動はない

君は
涙を流す雪を知ってる？

泣いているよな君の瞳を
みているボク
泣かされたのはボクだ
（泣いたのはボクだった）

泣いているよな君の瞳が
ボクをみつめて
やさしく笑っている

旅先にて

朝のラーメン屋
ビートルズのレコード
冷たい水

ボクは汚れたシャツの袖口を
みては溜息をつく

飲み屋のオカミに
人生　ふたつ
公衆便所の女郎部屋
体の隅々に
男の落書

サヨナラ　は
言える時に
言わないと
言えなくなる

（ある年配の知人の言葉より）

ブリキのうつわに入った
アイス・ミルクが
汗をかいていた

（冷汗《ひやあせ》だとソバの娘はいう）

気にかかるエゴ

俺らー
他人の事は気にかけねえ
何をやってオッチ（死）のうが
知った事じゃねえ
俺の命に別状はねえ
誰が失業しようと
女房が逃げようと
子供が泣こうが
恋人が寝取られようが
もう　みんなあきらめきっちまってはいるが
きってはいるが　だ

それにしても
隣りの野郎の帰りの遅えのが
気にかかる

'70　2.　15

あとがき　1.

あとわずかでボクの二十《はたち》も終ろうとしている。これらの詩は十八〜二十までの二年間の記録である。父も十九〜二十の時に詩を書いていた。そして、それらの作品は四十年以上も過て初めてうすっぺらな一冊の詩集となったのである。

『詭妄性詩集—高田　豊』

今、わが家にはこの一冊のカビ臭い詩集だけが残っている。

話は変わるが、木島始著『詩・少年・アメリカ』という本の中に「小熊秀雄論」というのがあるが、その始めに書かれているコトバは、

「詩《シ》は刺《シ》である」

である。

「詩は身体の一部や心の一部を撫でてとおるだけの薬味ではない。……」

ボクの詩はこれらには程遠いようである。毎度毎度お世話になっている今江祥智大兄ーィ流で言うならば、ボクのこれらの詩は、

「フン！ビビンチョ、オタンコナスのコンコンチキの青二才、豆腐の角に頭ぶっけてオッチンジマ……ってんだ！」

である。

『個人的理由—高田渡詩集』は「詩《シ》は刺《シ》である」にはかなり遠いものであるが、ボクはボクなりに、

「詩《シ》は刺《シ》である」

の序、序、序、序、序詩となる事を願っている。これ又、非常に「個人的、身勝手な」こじつけでありました。ようで。

'69　12月6日

京都・六曜社にて

あとがき　2.

表紙は小林弥生さんに書いていただきました。それもご覧のように非常にこった、おもしろい表紙を。心から感謝しています。この詩集の発行にあたって、今江祥智ご夫妻には一方ならぬお世話になりました事銘記して感謝の意を表します。

さて、この見窄《すぼ》らしいものであるが、三百円づつで買ってもらえると有難いと思う。出版費用の一分を援助してくださる意味で。

（編集部注：「あとがき　2.」は1969年発行の私家版にのみ掲載された「あとがき　その2.（注—終り）」を転載したものです。）

あとがき　3.

僕の詩集『個人的理由』は、僕の奥さんにあてた詩集なのです。ブロンズ社から、二年以上も前に自費出版したこの詩集を出したいという話があった時、奥さんは「今さらちょっと恥ずかしい気がする……。」と言っていました。いつまで経っても“個人的理由”から一向に抜け出せないのでいささかあせっているのです。ですが“個人的理由”は個人的理由とし、一つまとめてみようと二年程前にまとめてみたわけなのです。それがどうしたわけか、ブロンズ社からお声がかかった事、真に不思議でならないのです。僕自身、もう“個人的理由”を忘れかけていたのです。

著　者

（編集部注：「あとがき　3.」は1972年にブロンズ社版に掲載された「あとがき　2.」を転載したものです。なお、「あとがき　1.」として収録した文章は、私家版、ブロンズ社版の両方に掲載されました。）

解　説

有馬敲

1

高田渡（1949～2005）はフォークシンガーとしてその名を知られる前から、自作の詩をノートに記していた。

渡の詩集『個人的理由』（私家版・1969）は京都の印刷所で作られた冊子で、すべて横書きの自作詩59篇、78ページ。1968年１月から69年末ごろ、すなわち渡が十八歳から二十歳ごろまで、東京から京都の山科に移り住み、独りで暮らしていたころに作った詩のほとんどが収められている。

こんど復刊された詩集はこの私家版の作品を全篇収録するとともに、後述のブロンズ社版にのみ掲載された「まちぼうけ」「街角」が収録されている。さらに、自作詩「気にかかるエゴ」（『フォークリポート』1970年５月）と、「ヤマビコ」「出会い」「朝」「忘却」「事後承諾」「コーヒー・タイム」「昔の恋人達に」「初春《はる》」「誕生」「無題」「旅先にて」（以上いずれも『新譜ジャーナル別冊　高田渡の世界』

高田渡が69年に使っていたノート

1973年12月）という単行本未収録の詩が追加されているが、「事後承諾」などの内容をみると、渡が東京に戻って結婚後に作ったものである。

渡は1971年に京都から東京の武蔵野に帰ったが、私家版の『個人的理由』を底本にして、『個人的理由　高田渡詩集』（ブロンズ社・1972）を出版している。しかしここでは、自作詩「一人暮し」「駅」「言葉」「国道」の四篇が省かれ、巻末に楽譜「シャンソン」「春、最中*」「汽車が田舎を通るその時*」「日曜日」「ボロボロ*」「珈琲不演唱（コーヒーブルース）」（*はブロンズ社版における表記）が付け加えられている。思うに、帰京したあとの渡はフォークシンガーの活動を本格的に展開して忙しくなり、その一環としてこの詩集が編まれたのだろう。

私家版の『個人的理由』は十代後半の渡が当たりさわりのないミュージシャンの詞よりも、自分の言葉による刺激的な詩にいかにこだわってきたかがうかがわれる。

まず、巻頭の序のような「ボクの詩」は

ボクの詩は
ボクの詩でありまして
ボク以外の誰のモノでもないのです

と始まり、二連目は数行が空けられたあとに、カタカナが散らばっているように見えるが、じつは渡の好きな詩人の名前が横倒しに重ねられていて、本を縦から横にして読むことになり、次頁の三連目はまた元に戻して読む仕掛けになっている。つまりここでは、音楽的な要素や抒情のかけらはまったくなく、作者の語り口の独自性とユーモアに触れることができる。

このような視覚的な工夫は、そのあとの「レモン」という作品でも見いだされる。果物屋の前を通ったとき、店先に山積みになっているレモンを、レモンという単語を山積みにして表現している。また「通過」という作品では、自転車が前から近づいてきて擦れちがい、疾走して遠ざかっていく情景を、自転車の活字を小から大、大から小に号数を重ねていく技法によって描いている。

渡のこれらの作品はミュージシャンのおだやかな詞とは異なり、曲がなくても自立している言葉、詩としてみごとに成り立っている。渡はこのような詩の方法を、どこから会得したのであろうか。

2

高田渡は四人兄弟の末っ子として岐阜県西部の本巣《もとす》郡北方町に生まれた。八歳のときに母が亡くなり、父と三人の兄とともに東京の深川に移り住んだ。渡の自伝『バーボン・ストリート・ブルース』（ちくま文庫）によると、小学校四年生のころからノートに詩らしいものを書きだしたようだが、父は詩よりも日記を書くことを勧めた。以後、渡は

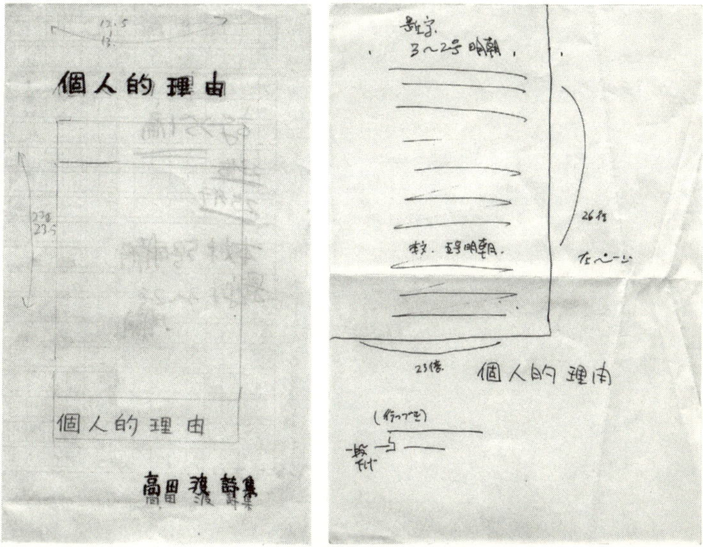

私家版出版時に作成されたメモ。私家版は高田渡本人がレイアウトや書体を決めた

中学を卒業するまでずっと日記を書きつづけ、そのあいまに詩のようなものを作っていたが、あるとき、それを父に見せると、父はただひとこと、「これは詩じゃない」と言ったそうだ。

『個人的理由』の「あとがき」に書いているように、渡の父高田豊は二十歳近いころに詩を作っていて、それらの作品を四十数年後に出版している。若いころは佐藤春夫門下として詩人との交流があり、また業界の新聞社に勤務したこともある。

その父の勧めで、渡は中学を卒業すると、共産党の機関紙を印刷する会社の文選工をしながら、定時制の高校に通った。そのとき著名な文化人が下手な手書きの原稿を送ってくることを知り、活字を拾うのが楽しかったようだ。しかし渡が十八歳のときに父が亡くなり、佐賀県鹿島市で薬局を営む親戚に預けられ、店を手伝いながら夜学に通った。それも一年生の一学期だけで、すぐに東京に帰りたくなり、業界新聞の配達のアルバイトをして、夜は都立市ヶ谷高校に通い、学費や生活費はアルバイト代でまかなった。このころに本を読むのが好きになり、とりわけ詩集をよく読んだ。とくに好きな詩人がいたわけではなかったが、ある日、市ヶ谷高校の代用教員が沖縄出身の山之口貘（1903〜63）の詩の写しをくれたことがきっかけで、以後、貘の作品に強い関心を持つようになった。

しかし詩集『個人的理由』の「ボクの詩」のなかで、渡は山之口貘を含む十数人の詩人の名前を挙げたあと、「どなたの俘にもなりません／どなたも大好きではありまするが／ボクの詩は／ボクの詩でありまして」と断っているように、自分の詩をもとめて独特の表現に心がけてきたのである。

詩作品の受け取り方は読者それぞれにさまざまであるが、詩集『個人的理由』の特徴はむずかしい表現がほとんどなく、おしなべて平明な話し言葉でつらぬかれていることで

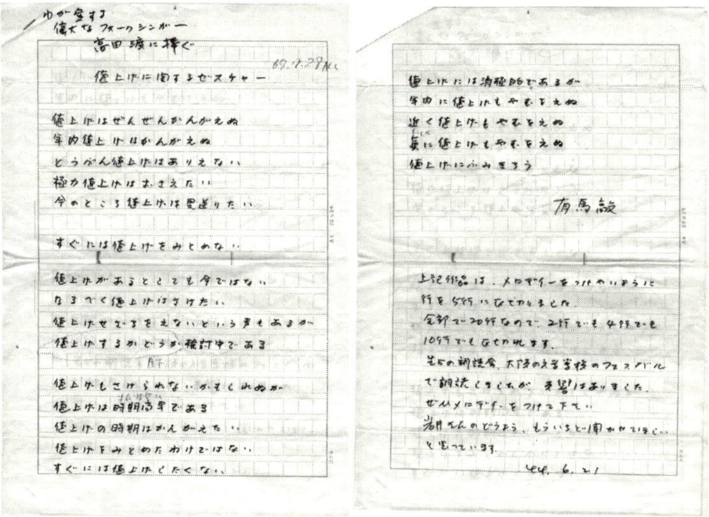
わが愛する
偉大なフォークシンガー
高田渡に捧ぐ
69.7.29

値上げに関するゼスチャー

値上げはぜんぜんかんがえぬ
年内値上げはかんがえぬ
とうぶん値上げはありえない
極力値上げはおさえたい
今のところ値上げは見送りたい

すぐには値上げをみとめない

値上げがあるとしても今ではない
なるべく値上げはさけたい
値上げせざるをえないという声もあるが
値上げするかどうか検討中である
値上げもさけられないかもしれぬが
値上げは時期尚早である
値上げの時期はかんがえたい
値上げをみとめたわけではない
すぐには値上げしたくない

値上げには消極的であるが
年内に値上げもやむをえぬ
近く値上げもやむをえぬ
早に値上げもやむをえぬ
値上げにふみきろう

有馬敲

上記作品は、メロディーをつけやすいように
行を5行にちぢめました。
全部で20行なので、2行でも4行でも
10行でもちぢめれます。
先日の朗読会、大阪の文学学校のフェスティバル
で朗読しましたが、好評でありました。
ぜひメロディーをつけて下さい。
渡さんのどうよう、もういちど聞かせてほしい
と思っています。
44. 6. 21

「値上げ」が作られる前、有馬敲が高田渡に送った詩の原稿

ある。しかも作者独特の語り口があり、ユーモアがある。渡が幼いころから貧しい生活を送り、転居をくり返して成長した体験から生みだされる、ほのぼのとした暖かみが感じられないだろうか。たとえば「日曜日」におけるピュアな恋心、「友達」における友情と相反する感情の告白、「珈琲《コーヒー》・不演唱《ブルース》」における陽気さ、などなど。

高田渡は、後年、山之口貘はじめ日本の近現代詩人の作品に曲をつけてうたうようになったが、京都時代に出した二枚目のアルバム『汽車が田舎を通るそのとき』（URC、1969）では、私家版の詩集のなかから、表題の詩「汽車が田舎を通るその時」のほか、「春、真最中」「日曜日」「ボロ、ボロ」に曲をつけてうたっている。

私家版『個人的理由』は、渡が1968年に京都で開催された第三回フォークキャンプ（山崎宝寺）で「自衛隊に入ろう」をうたって注目を集め、翌69年に大阪の高石音楽事務所の所属となり、京都に引っ越した年の暮れに印刷され、発行されている。渡が大阪でなく京都に引っ越しをする決め手になったのは、フォークキャンプのときに知り合った憧れの女性が京都にいたからだ。渡はその女性のことを想って詩を書いた。それはこの詩集にはいっている「日曜日」という作品である。渡はその女性に見せたが、反応はなく、恋は片思いのままで終わってしまった、と自伝『バーボン・ストリート・ブルース』で述べている。

しかしその年の十月にアルバム『汽車が田舎を通るそのとき』が出て、そのときに憧れるようになっていた女性の反応が現れたが、そのころには所属事務所の不正なからくりが発覚してフリーになり、その後は本屋の店番や漬物屋の店員など、いろいろな仕事をして日銭をかせがねばならなかった。

そのころの渡の写真を見ると、下宿のような狭い部屋のちゃぶ台に電気スタンドと湯沸しポットが置かれ、ギョロリと大きな目玉をこちらに向けている。その渡と私は数人でミニコミ誌『ばとこいあ』を創刊し、四条大宮の小さなお寺でフォークコンサートや詩の朗読をした。京都時代の渡は酒は飲まず、六曜社やイノダなど、数軒のコーヒー店をはしごしていた。渡にとって京都の二年間は自分の生き方を模索した時期であり、青春時代の始まりであった。そして詩集『個人的理由』をまとめ、『ばとこいあ』の女性スタッフを伴侶として、東京へ戻っていったのである。

（詩人）

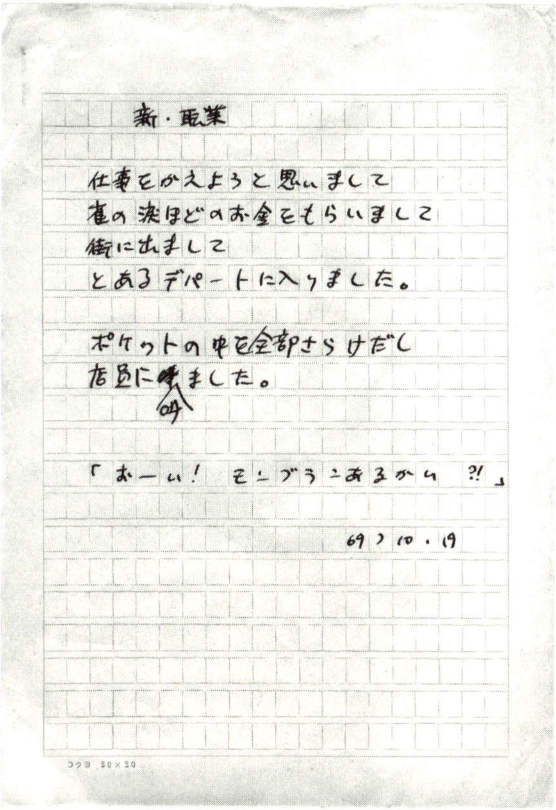
新・職業

仕事をかえようと思いまして
雀の涙ほどのお金をもらいまして
街に出まして
とあるデパートに入りました。

ポケットの中を全部さらけだし
店員に叫びました。

「おーい！ そこブランコあるかい ?!」

69. 10. 19

未発表の詩の手書き原稿

あとわずかでボクの二十を終ろうとしている。
この詩集は十八～二十までの二年間の記録である。

高田渡が企画をたて，編集し，校正し，ゼニを出し，もうけようとしているが，ついには赤字まで出す，全く個人的な冊子，堂々59編78ページ完成!!

詩集「個人的理由」高田渡

¥ 300

お申込みは　大阪市北区兎我野町１　山安ビル301号
アート音楽出版内「個人的理由」係

私家版出版時に『フォークリポート』に掲載された広告

高田渡（たかだ・わたる）
フォークシンガー。1949年岐阜県生まれ。８歳のときに東京に移り住む。アメリカのフォークソングに傾倒し曲作りをはじめ、68年、第３回関西フォークキャンプで『自衛隊に入ろう』を唄い注目される。翌年レコードデビューを果たし、京都に居を構えた。京都時代には、ミニコミ誌『ばとこいあ』の発行に携わり、詩集『個人的理由』を自費出版する。71年、東京に戻り、アルバム『ごあいさつ』をリリース。以後、多くのアルバムをリリースし、全国各地で唄い続けた。05年逝去。

表紙絵は1969年の私家版『個人的理由』のものを転載いたしました。

個人的理由《こじんてきりゆう》
2012年９月１日初版第一刷発行

著　者……高田渡
発行者……山田健一
発行所……株式会社文遊社
東京都文京区本郷4-9-1-402　〒113-0033
TEL: 03-3815-7740　FAX: 03-3815-8716
郵便振替 : 00170-6-173020

表紙絵…………………………小林弥生
本文組版・オビデザイン……倉茂透
印刷・製本……………………シナノ印刷

乱丁本、落丁本は、お取り替えいたします。
定価は、カバーに表示してあります。

ISBN 978-4-89257-073-5